눈빛  끌림으로

이봉우 시집

시음사
시사랑음악사랑

審按으로 시를 엮는 시인 이봉우

시를 지을 때 우리는 쓴다고 하기보다는 엮는다고 한다. 이는 아마도 씨실 날실을 엮어 비단을 짜고 삼베를 엮던 마음가짐과 詩心을 담아 한 줄 한 줄 써 내려가는 시인의 마음과 같아서일 것이다. 그러기에 시인은 詩想이 곱고, 아름다운 필력을 가진 사람이라고 한다. 마음의 평정을 찾아주는 시인, 부를수록 더욱 불러보고 싶은 사랑의 노래 같은 시를 쓰는 사람을 말하라면 아마도 이봉우 시인이 아닐까 한다.

산들바람처럼 섬세하면서도 파도처럼 힘 있는 詩心으로 많은 독자에게 다가서는 이봉우 시인의 詩作을 보면 자연의 섭리와 인간 내면의 세계를 상징적으로 조화시켜 표현하려는 노력을 볼 수 있다. 꾸민 듯, 꾸미지 않은 듯 투박하면서도 거칠어 보일 수 있지만, 툭툭 던지는 시어 속에 작가만의 시각으로 전하고자 하는 삶의 스토리가 숨어 있다. 이봉우 시인의 작품을 읽으면 읽을수록 정감 가는 따뜻한 사람 냄새로 회화와 풍자로 그런가하면 날카롭게 펜 끝으로 표현하는 이미저리가 깊은 메시지로 사유(思惟)하며, 독자와 공감대를 형성하는 시인이다.

이봉우 시인의 첫 시집 "눈빛 끌림으로"에는 시인의 詩心을 자연물이나 주변 환경을 통해 표현하고 이를 독자에게 잘 전달하려는 작업을 충실히 한 흔적이 엿보인다. 표면적으로 드러나는 일차적인 자연과 사물에 시인의 내면적인 감정이나 생각 등이 상호관계를 잘 이루도록 표현하여 이를 멋진 언어예술로 탄생시키고 있다. 이봉우 시인의 첫 시집을 독자와 함께 기쁜 마음으로 추천한다.

(사)창작문학예술인협의회 이사장 김락호

본문
시낭송
감상하기

QR 코드 스마트폰으로 QR 코드를 스캔하면
시낭송을 감상할 수 있습니다.

 제목 : 그리움은 별빛 되어
시낭송 : 박영애

 제목 : 별
시낭송 : 이봉우

 제목 : 그리움
시낭송 : 박영애

 제목 : 그대는 아시나요
시낭송 : 박영애

 제목 : 떠나는 마음
시낭송 : 박영애

 제목 : 아버지
시낭송 : 박영애

 제목 : 눈빛 끌림으로
시낭송 : 박영애

 제목 : 가시 문
시낭송 : 박영애

 제목 : 첫사랑
시낭송 : 박영애

 제목 : 한 바퀴 돌아보니
시낭송 : 박영애

 제목 : 겨울이 올 때까지
시낭송 : 박영애

 제목 : 황혼의 사랑
시낭송 : 전선희

 제목 : 봄 오는 소리
시낭송 : 박영애

 제목 : 우리 그렇게 흐르자
시낭송 : 박영애

 제목 : 피지 못하고 떨어진 꽃
시낭송 : 박영애

시인은 자연을 이야기하고 시낭송가는 자연을 품었다.
글자는 날개를 달아 언어로 날고 소리는 자연에 눕는다.

시인의 말

그물을 싣고 떠난다
언어의 바다로
그 바다에 그물을 치리라
새벽이 올 때까지
반짝이는 별빛을 건지리라
별빛 같은 눈빛으로 자연의 아름다움을 노래하고 싶다.

두려움과 설렘으로 첫 시집을 내놓는다.
시 한 줄이라도 독자의 가슴에 스밀 수 있다면 더없는 기쁨일
것이다.

정성을 다해 시집을 출판해 주신 창작문학예술인협의회 김락호
이사장님과 시음사에 감사드린다.
고향에 계시는 아버지와 누님 동생들
사랑하는 아내와 사랑스러운 딸
사랑하는 모든 분께 고마운 마음 전한다.

2020 여름에
시인 이봉우

이봉우 시인, 시낭송가

대한문학세계 시 부문 등단
(사)창작문학예술인 협의회 회원
대한문인협회 경기지회 회원
한국문인협회 회원
대한시낭송가협회 제7기 시낭송가 수료

2018 서울시 지하철 시 공모 당선
2018 순우리말 글짓기 동상
2018 올해의 시인상
2019 명인명시 특선 시인선 선정
2019 짧은 시 짓기 금상
2019 순우리말 글짓기 동상

공저
2019 명인명시 특선시인선
2019 가울문 동인지
2020 시를 꿈꾸다 2 동인지
이메일 leebw22@hanmail.net

♣ 목차

목차

목차

♣ 목차

● 제1부

어느 날 꽃 지고 나면
그대 그리움은
하늘만큼 땅만큼

.

그리움은 별빛 되어

바람마저 잠이 든 밤하늘에
푸른빛으로 반짝이는 별빛은
그대 그리워하는 내 눈빛입니다

사랑하는 그대여
별빛에 눈 맞춤해주오
홀로 깨어
잠 못 이루며 밤을 지새웁니다

구름 가려도
눈보라 쳐도
그 너머에서 빛납니다
더 애타는 그리움으로

이슬 자라는 새벽이 찾아오면
그대 가슴에 스러지고 싶습니다

초롱초롱 반짝임은
그대 꿈속에서 만나고파
하얗게 밤을 지새우는
간절한 내 마음의 불빛입니다.

제목 : 그리움은 별빛 되어
시낭송 : 박영애
스마트폰으로 QR 코드를 스캔하면
시낭송을 감상할 수 있습니다.

11

별

밤하늘은
별빛 그린 보석 도화지
아스라이 먼 별들은 밤새 빛 자랑하다
새벽이 찾아오면 밝음 속으로 스러진다

너는
먼 옛적부터 우리의 꿈을 키웠고
사랑 연가에 단골손님
첫사랑 언약에 별 따지 않은 소년 있었을까

우리가 떠나면 별나라 간다는데
어머님은 어느 별에 계셔요
처녀자리별에는
사랑 한번 못하고 떠난 노총각이 갈 거야

훗날, 어느 날이 될지 모르는 그 날
나도 별나라 가겠지
그 별이 북극성이었으면
길 찾는 사람들과 눈 맞춤할 수 있어
덜 외로울 테니까

오늘 밤에는
별빛 흐르는 언덕에 서고 싶다

제목 : 별
시낭송 : 이봉우
스마트폰으로 QR 코드를 스캔하면
시낭송을 감상할 수 있습니다.

12

그리움

당신이 쏜 불화살
가슴속 깊숙이 박혀
밤새도록 열병을 앓았습니다

어떤 묘약을 묻혔나요
진종일, 그리고 새벽이 올 때까지
그대 생각은 벽지가 되어
온통 내 마음을 도배했습니다

설레는 마음은
손마저 떨게 합니다

이 마음 아실까요
서른 번에 서른 번 더 곱게 접어
봄바람에 띄웁니다

볼 스치는 고운 바람
저인 줄 아셔요

꽃향기 무척 그리운 오늘
그대 품에 꼭 안기고 싶습니다
눈빛 속으로 젖어 들고 싶습니다

제목 : 그리움
시낭송 : 박영애
스마트폰으로 QR 코드를 스캔하면
시낭송을 감상할 수 있습니다.

13

꽃

자판 키 한번 두드려
지울 수 있는 세상

그러나
너의 흔적은 지울 수 없다.

단지 시간으로
문지를 뿐

강물

푸른빛으로 흐르는 저 강물은 당신의 마음 같다

긴 세월을 품에 안고 오늘도 말없이 흐른다

어둠의 빗장 열고 땅으로 솟아 수 백릿길

부서지고 깨지고 멍들었다

폭포수로 떨어지는 하얀 물보라

방글방글 물방개의 물장난이 녹아 있고

별빛처럼 떨어진 물고기의 비늘 내음이

소낙비에 젖은 연인의 애틋한 사랑도 흘러라

애타는 선녀의 눈물 한 자락도

물안개로 피어오르지 못한 한도 서려 있으리

먼 옛날 강태공의 노 젓는 소리도 남아 있을지 몰라

세상의 모든 것 다 담아내고

소리 없이 흐르는 저 강물은

어쩌면 아버지 마음일지도

아직도 피는 꽃

눈꽃이 필 때까지 숨 막히는 꽃의 릴레이
매화꽃이 첫 길을 열었다
산수유 진달래 개나리 이어서 피고 지고
목련은 고고하게 공주처럼 피었지요
벚꽃 꽃 무리 꽃비 내리던 날
마음도 흠뻑 젖었습니다
한숨 돌릴 틈도 없이
지천으로 들꽃 피어나고
찔레꽃은 그리움을 불러옵니다
뻐꾸기 뒷산에서 울음 울고
절정의 순간처럼
붉게 타오른 5월의 장미
고혹한 자태에 두 눈 감을 수밖에
여물지 못한 첫사랑은
어디쯤 흐를까요
해마다 계절 따라 꽃은 피는데
그때의 순정은 돌아올 줄 모릅니다.

짝사랑

구름처럼 피어나는
그대 그리움

하고 싶은 말
너무 많아

보고 싶은 마음
너무 커

차오르는 내 가슴
터질 것 같다

꽃잎에 머물지 못하는
바람이 되어

오늘도
열병을 앓는다

나의 작은 별

초롱초롱 빛나던 까만 눈동자
사랑의 빛이었다

눈 감으면 떠오르는
나의 작은 별

바람 손잡고 단풍길 따라
하늘 끝닿는 곳으로 날아갔지

그 어디쯤 있을까

세월의 강물은 하염없이 흐르고
내 마음은
하얀 그리움으로 젖는다

그대는 아시나요

그리움으로 잠 못 이루고
하얗게 밤을 지새우는 이 마음을
그대는 아시나요

길 잃은 철새처럼
네온사인 불빛에 방황하는
그 불빛 바다에 빠지고 싶은 이 마음을
그대는 아시나요

한 송이 꽃으로
별빛과 밤새 속삭이다
이슬로 눈물 떨구고 간 슬픈 사랑

돌부리에 넘어져
밤낮으로 우는 시냇물의 사연을
강물은 윤슬로 빛날지라도
잿빛 외로움에 한없이 떨고 있음을
그대는 아시나요

당신은 눈물의 원천입니다
가시덤불 지나가는 바람처럼 아파 옵니다
정녕 그대는
이 마음을 아시나요

제목 : 그대는 아시나요
시낭송 : 박영애

스마트폰으로 QR 코드를 스캔하면
시낭송을 감상할 수 있습니다.

19

떠나는 마음

만나기는 어려워도
마음 떠나기는 한 순간이더라

느닷없이 날아온 그 말은
고이 쌓은 성을 순식간에 허문다
한마음으로 주춧돌 놓고
차곡차곡 세월의 벽돌 쌓았는데
그 마음으로 천년을 기약했는데

긴 겨울밤
마음 시려오고
시린 마음 차갑게 물들어
강물처럼 얼어붙어 소통의 배는 갇혔다

아님을 알고서
아님에 머무는 어리석음을 알고서
마음 한 자락에
유리 조각처럼 남아있는 아픔을
탈탈 털어낸다

녹아들 수 없는 그래서
하나 될 수 없는 인연이라면
한바탕 퍼부은 소낙비에
허연 뿌리까지 쓸려가라
하나의 미련도 남기지 말고

만나기는 어려워도
마음 떠나기는 한 순간이더라
그래서 울음소리조차 낼 수 없더라

제목 : 떠나는 마음
시낭송 : 박영애
스마트폰으로 QR 코드를 스캔하면
시낭송을 감상할 수 있습니다.

하필

아카시아 꽃향기
코끝 찌르던 오월 어느 날

고이 접은 핑크빛 연서
남몰래 전하려다
그만
호랑이 선생님께 들켜 버렸습니다

부끄러워 발그레한 얼굴
금세 잿빛으로 변하고

학창 시절 풋사랑이
아지랑이처럼 피어납니다

약속

문득 생각나 엄마하고 부르면

아직도

버선발로 달려오실 것만 같은

가신지 근 삼십 년

그리움 켜켜이 쌓였습니다

옛집 돌담가 곱게 피던 하얀 꽃송이

내년에는 당신 무덤가에

꼭, 백합을 심어드리겠습니다.

꽃별을 밟으며

아스라이 먼 별들이
하늘길로 내려와
보석으로 박혔어요

수많은 별
발아래 하얗게 빛납니다

꽃별을 밟으며
은하수를 건너
하늘 여행 떠납니다

별을 좋아하는 까닭은
그곳으로 떠나간 사람이 많기 때문입니다

매년 이맘때
꽃별을 밟습니다
그리운 사람 그리워하며

하늘만큼 땅만큼

꽃 피는 설렘은 하늘만큼
꽃향기는 땅만큼

어느 날
꽃 지고 나면

그대 그리움은
하늘만큼 땅만큼

틈

바위틈에
노랑꽃이 피었다
그 틈새로
홀씨 날아와 꽃집을 지었다
푸른 잎 총총 달고
한 뼘 줄기로 꽃물을 밀어 올렸다

틈이 있다는 건
스밀 수 있다는 것
스며들어 낳을 수 있다는 것

틈이 없으면
하늘 천릿길 빗물도 흘러내리지
머물 수 없으면
인연 되지 못하지

햇살 가득한 하룻길을 걸어
어둠을 몰고
다시 틈으로 돌아간다

내 틈에
한 송이 꽃 뿌리내린 당신

나도 날고 싶다

태양이 작열하는 적도의 나라
파란 잔디 위로
힘차게 날아가는 공
누가 힘껏 쳐주어
나도 창공으로 솟구치고 싶다
멀리 날아가 파란 잔디 위에
사뿐히 떨어지길
외진 숲이나 가시덤불이 아닌
다시 날아오를 수 있는
활주로 같은 잔디 위에

즐거운 시간은 언제나 짧아
마음 한 자락
파노라마에 두고 왔네
산새들 벗 삼아
야자나무 그늘에서 쉬고 있으렴
두고 온 마음
그리움으로 피어날 때
다시 찾으리
그리움이 파도처럼 밀려올 때
또다시 찾아가리라

수호천사

캄캄한 밤이 와도 우리 행성이 안전한 것은
별들이 초롱초롱 지키고 있기 때문일 거야

너에 대한 내 마음도 그래
언제나
어디서나

그대 그리는 마음

그대가 나무라면
비로 내려 푸른 잎 피우겠습니다
한마음 되고 싶기 때문입니다

그대가 강이라면
나룻배 되어 그대 품에 안기겠습니다
그대 품이 그립기 때문입니다

그대가 산이라면
바람 되어 산허리 휘감아 춤추겠습니다
더 가까이 가고픈 마음 때문입니다

그대가 별이라면
밤하늘 되겠습니다
까맣게 태워 그대 더 반짝일 수 있도록

가을은 그리움을 불러오고
그대 그리는 마음을
파란 하늘에 흰 구름으로 풀어놓습니다
새하얀 그리움으로

아버지

따가운 햇볕은 평생 친구
별빛은 다정한 벗이었습니다
밤낮 흙 더불어 살아온 인생길

앙상한 노구의 입술은
바람에 구르는 낙엽처럼
밤새 사그락거립니다
얼마나 많은 가시가 박혔으면
저리 신음하실까요

당신의 육신은
찬바람 막는 외투였고
기도하는 신전이었습니다
길 밝히기 위해 온몸 다 내주시고
이제는 서리 맞은 들풀처럼
마지막 불씨처럼 사위어갑니다

당신 영혼의 소리
가슴을 아프게 쥐어짭니다
이 밤도
무정한 세월은 서럽게 흐릅니다.

제목 : 아버지
시낭송 : 박영애
스마트폰으로 QR 코드를 스캔하면
시낭송을 감상할 수 있습니다.

보랏빛 마음

큐피드의 화살을 쏘았다
푸르름이 깃발처럼 펄럭이던 날
핑크빛 마음으로
떨리는 가슴으로

그해 오월은
첫사랑 설렘으로
가슴 졸인 나날

여름으로 가는 길목
라일락 꽃향기에 젖어
옛 그리움이 살아나는
보랏빛 내 마음

그리운 시절

첩첩 산으로 둘러싸여 아늑한
앞 뒷산에 진달래 흐드러지게 피고
산수유 노란 꽃망울 터뜨리는
지천으로 들꽃 만발한
내 고향 푸른 언덕

하얀 찔레꽃 송이송이 피어날 때
새참으로 허기 달래고
막걸리 한 사발에 정 나누던 정겨운 풍경

한여름 어스름 저녁
마당에 모깃불 피워놓고
멍석에 모여 앉아 저녁을 먹었지요
반딧불이 날아다니고
하늘에 수많은 별 반짝이고
은하수는 은빛 모래처럼 흘러내렸습니다

박 넝쿨은 초가지붕에
뽀얀 보름달 몇 개 낳았습니다
이파리 사이로 빨간 홍시
나무에 올라가 따서
누이의 치마에 던져주었지요

겨울은 참 매서웠습니다
찬바람은 문풍지를 울리며 방으로 파고들고
윗목의 물그릇은 얼곤 했습니다
처마 끝 고드름 쑥쑥 자라고
부엉이는 밤새 집 앞 감나무에서
왜 그리 울었던지요

마음은 언제나 고향으로 달려가
푸른 언덕에서 옛 시절을 그립니다

덩달아

활짝 핀 꽃 무리

가까이서 바라보다

나도 피고 말았다

주름진 얼굴에

환한 미소로

밀물이었으면

흔들리는 날도 있겠지만
썰물처럼 쓸려가는 날도 있겠지만
아직은 아니야

나는 너에게
너는 나에게

한없이 다가가는
밀물이었으면 좋겠어

다시 만나자

애탐은 이런 것일까?
떨구어야 하는
떨어지지 않으려는
처절한 몸부림
마르고 비틀어져도
놓지 못하는 뜨거운 끈
어머니와 딸
딸과 딸의 딸도
태초의 끈처럼
그러했으리라
몽글몽글 움트는 잎눈
새봄을 준비하는데
그 옆자리에
애처로이 매달린 작은 잎새 하나
바람 안고 우우 울음 운다
티끌로 부서져라
뿌리로 찾으리니
푸른빛 그리움으로
우리 다시 만나자

잠바

이맘때였을 것이다
엄마는 대목장에서 설빔을 준비하셨다

한 치수 큰 나일론 잠바
쑥쑥 자란다고 오래 입어야 한다고
온 동네 자랑하며 입고 다닌 내 잠바

눈싸움하고 얼음 지치다
논둑에 불 지르고 시린 손발 녹일 때
도깨비 바람으로 불티 날려
곰보 된 잠바

혼날 생각으로 까맣게 타버린 여린 가슴
잊히지 않는 아련한 추억 하나

흔적

배 지나간 자리 물비늘 일어

하얀 물방울 출렁이며 흩어진다

무엇이든 지나간 자리 흔적 남아

종소리 파장 파장 날아간 자리

멍든 아픔이 서려 있고

꽃잎에 머문 나비의 자리

꽃향기 나풀나풀 날아오른다

낙조 뒤로 붉은 노을 서럽게 흐르고

그대 떠난 자리 아파 여태 울고 있다

그리운 사람아

찔레꽃 하얗게 피는 한나절보다 짧았던 인연
눈 맞춤 한번 못 했는데
이름 한번 부르지 못했는데
무슨 사연으로 그리 서둘러 떠났는가
하늘은 시리도록 푸르고 뻐꾸기 서럽게 울어요
하늘가 흰 구름 손짓하는 듯
홀로 떠나지만 먼저 가고 늦게 갈 뿐 한곳으로 갑니다
훗날,
별빛 내리는 어느 언덕에서 흰 손 흔들겠지요

그리운 사람아!
주인 잃은 그대 향기 아프게 가슴을 파고듭니다
못다 부른 님의 노래
꾀꼬리 노래로 5월을 수놓고
소쩍새 울음으로 한겨울 산골짜기 적시겠지요.

● 제2부

사랑하는 사람아
그대 행복의 꽃 피도록
촛불 되어 이 밤도 너울거린다

눈빛 끌림으로

눈빛 끌림으로
키운 사랑
그 사랑의 바다
설렘으로 자맥질했습니다

꽃구름 춤추는
마음의 동산
나풀나풀 오시도록
무지개다리 놓았습니다

그대 눈빛 속으로
파랑새 되어 날아
사랑의 집을 짓고

해맑은 눈동자
잔잔한 마음 호수에
진실의 노 저어
사랑항에 닻 내렸습니다

그대는 나의 등불
나는 그대 지팡이
눈빛 끌림으로 맺은 결실
우리는 영원한 동반자

 제목 : 눈빛 끌림으로
시낭송 : 박영애
스마트폰으로 QR 코드를 스캔하면
시낭송을 감상할 수 있습니다.

너

꽃 한 송이
살며시 꺼내 봅니다

해맑은 웃음으로
방긋합니다

나는 싱긋합니다

눈 감을수록
또렷이 떠오르는
꽃 한 송이

가시 문

인생길 팔 할은 당신과 함께 걸었다
사랑하는 사람아

거친 바닷바람 이겨내고 붉게 타오른
해당화 같은 사람아

젊음의 뜨거운 물결 헤치고
수만 갈래의 길목을
그대 꽃내음 맡으며 걸어왔다

갱년기란 녀석이 당신 탐하고 간 후로
조절 스위치 고장 난 보일러처럼
수시로 오가는 열대
또 하나의 가시 문을 지난다

간밤 돌아누운
채 한 자도 안 되는 거리
그러나 그 거리는 천릿길처럼 아득하다
그 녀석이 다녀간 뒤로

제목 : 가시 문
시낭송 : 박영애
스마트폰으로 QR 코드를 스캔하면
시낭송을 감상할 수 있습니다.

43

움찔

아카시아 꽃향기에 젖어
꽃으로 피어나고 싶은 봄밤

한 번쯤
일탈 꿈꾸는데

밤하늘 높이 뜬
쟁반 같은 눈 하나

깜박임 없이
빤히 내려다본다

움찔

기다릴래요

겨울에는
사랑하지 않을래요
눈꽃 같은 사랑이 찾아온 데도
눈물로 지고 마는 사랑이란 걸
알기 때문이지요

겨울에는
밤하늘 별빛을 세고
눈보라 맞으며
기다림을 배울래요

삼월에
연초록 물결치는 그때나 가서
붉은 연정으로 타오를래요
종달새 노래 따라 부르며

겨울에는
기다릴래요
그냥 기다릴래요

시간은 저리 짧은데

곧 떠나리라
간이역에 정차한 기차 떠나듯이
저마다 내릴 역을 향하여

선악을 넘나들고
행복과 불행의 외줄에서
울고 웃는 세상에서

그대와 나란히 별을 바라보다
어느 날
나 혼자 아니면 그대 홀로
상대의 부재 속에서 별을 바라보리라
그리고 얼마 후
우리는 다 떠나고
별은 홀로 밤하늘 지키리라

초목이 사라지고 내리는 비는 무용하리라
때늦은 슬픈 후회

사랑하고 또 사랑하라
간이역 정차 시간 저리 짧은데
오늘도 무얼 그리 꾸물대는지

꽃무릇

한 뿌리 한 줄기로
걸어온 길
그대 오실 길

얼마나 그리웠길래
온몸 저리 불 지르고 애타게 기다리나요
홀로 하늘하늘
시린 가슴으로 찬바람만 지나갈 뿐
기약 없는 나날

어이하랴
맺지 못할 운명을
갈래갈래 찢어지는 이 연정을

붉게 타오르다 끝내 지고 나면
그때 살며시 찾아오실 그대는
정녕 누구십니까?

첫사랑

찔레꽃 흐드러지게 피고 뻐꾸기 울던 어느 봄날
우주의 먼 길 돌아온 혜성처럼
한 소녀가 내게로 왔습니다
눈부신 봄꽃으로

열네 살이었지요
작은 시골 소년은 사춘기 협곡을 지날 때였습니다
내 눈동자에 어떻게 별빛 같은 이슬로 맺혀 왔는지
그 기억은 봄날 아지랑이처럼 가물거립니다

연분홍 편지를 보냈습니다
친구가 되고 싶다는
빗줄기 같은 단조로운 문장

좋은 친구 하자는 답장을 받았을 때
내 얼굴은 밤하늘 보름달보다 더 환했습니다
허물 벗고 첫 비행을 위해 햇볕에 날개 말리는 나비처럼 설렘이었습니다
우리는 서로 팔랑개비 돌리는 바람이었습니다

손잡고 가파른 고개 넘는 동안
그 찔레꽃 마흔다섯 번 피고 졌습니다
얼마나 더 피고 질까요

제목 : 첫사랑
시낭송 : 박영애
스마트폰으로 QR 코드를 스캔하면
시낭송을 감상할 수 있습니다.

돌아갈 수 없는 그 시절
애틋한 그리움으로 출렁입니다
그 소녀는 중년의 여인으로 제 곁에 있습니다

사랑의 길

사랑이 너에게로 어떻게 왔는가

찔레꽃 향기 하얗게 부서질 때 봄 길로 왔는가

국화꽃 달빛에 은은히 젖는 밤 별빛 타고 왔는가

대지에 단비 내려 뜨거운 몸짓으로 씨앗 깨웠다

사랑은

너를 천년의 푸른 탑으로 쌓는 것

나 오늘 그 탑을 돌며 봄 길을 간다

꽃잎 같은 파문을 일으켜다오

기다리는 사람 없어도
어디 덧나랴, 핸드폰 한 번 울린다고
책을 읽다가
뉴스를 검색하다가
따분하여 집을 나섰다

오늘은 출렁이고 싶어
무엇이든 한번 흔들고 싶어

찾아간 호수
낙엽은 풀숲에서 묵언수행 중이고
먼 길 달려온 오후 햇살이 볼을 비빈다
바람은 졸고 호수는 잠잠했다
물속으로 산이 내려와 잠겨있다
거꾸로 매달린 산
무심코 돌멩이 하나 던졌다
퐁당
물결은 원을 그리며 퍼져나갔다
산이 일렁인다

저것 봐
육중한 산이
돌멩이 하나에 흔들린다

아,
누가 내 가슴에
꽃잎 같은 파문을 일으켜다오
얼굴에 환한 미소 번지게

그냥 사랑해 주세요

꽃이 예쁘다고 사랑하진 말아요
그냥 사랑해요
열흘 가는 꽃 없답니다

꽃 지면 열매 맺고
여름에는 싱그러운 초록빛
가을 오면 고운 단풍
겨울에는 성자
눈 오는 날 하얀 꽃 피웁니다
날마다 철마다 새 얼굴

눈이 예쁘다고
미소가 곱다고
얼굴이 이쁘다고
몸매가 아름답다고
그 하나로 사랑하진 말아요

꽃잎 떨구듯 세월이 심술부려요
꽃 지면 어떡해요
백발에 주름 찾아오면 어떡해요
그냥 사랑해 주세요

고백

우리의 거리는
네가 느끼는 만큼의 거리

가까울 수도
멀 수도
알 수 없는 거리

그 거리는
네 마음속에 있기에

너를 본다

햇살 눈부시고
별빛 쏟아지는
이 세상을 두고
떠나는 것은
얼마나 슬픈 일인가?

나의 부재 속에
꽃은 계절 따라 피고 지고
세상은 빛날 텐데

백 년도 안 되는
삶과 죽음의 경계선

너와 나
이 행성에 머무는 동안
꽃잎 만지듯 사랑하자

눈 깜박이는
시간조차 아까워
눈물 나도록 너를 본다.

눈꽃으로 핀 그대

고운 별빛 타고 그대
살포시 내려
하얀 눈꽃으로 피었습니다

참 눈부셔요

눈물로 흐를까 봐
차마 손대지 못하고
그저 바라만 봅니다

기다림

태양계를 떠나 별나라로 우주의 신비를 향하여

이백억 킬로 더 날아간 보이저호

나는 그대 마음으로 핑크빛 연정을 보냈습니다

성간 소식은 하루 안에 오는데

그대 마음은 더 먼가 봅니다

사랑하는 사람아

사랑하는 사람아
오늘 이 행성의 한쪽이 환한 것은
그대로 인해 내 가슴에
행복의 꽃이 피어났음이라

사랑은 세상을 밝히는
신이 준 최고의 선물

서로 미워하지 말자
미움이 파도처럼 출렁거려
어두운 세상이 된다면
얼마나 슬픈 일이냐

이 세상은
꽃이 피어 아름다운 것이 아니라
가슴에 행복의 꽃이 피어
아름답게 보이는 것이다

사랑하는 사람아
그대 행복의 꽃 피도록
촛불 되어 이 밤도 너울거린다

그대의 행복으로
지구별 한 모퉁이 환해지도록

한 바퀴 돌아보니

한 바퀴 돌았다
꽃 찾아가는 나비의 팔랑이는 날갯짓으로
꽃잎 어루만지는 바람으로
설렘으로 수많은 날 지새우고
반짝이는 불빛 아래 아픔을 감추기도

낮과 밤
사계절은 뫼비우스 띠처럼
끊어지지 않고 연결되어 구르고
그 동그란 띠 위에
발자국 남기며 울고 웃었다

한 바퀴 돌아보니 세상은 빛나더라
태양처럼 눈부시게 빛나더라
행복 아닌 것이 없더라
감사할 일만 있더라
단지 발견하지 못했을 뿐

아침에 뜨는 해는 희망의 빛이요
새들의 노랫소리는 음악이요
불어오는 바람은 천사의 손길이더라
저녁노을은 기도더라
밤하늘 별빛은
훗날 이정표 삼아 찾아갈 불빛

미워할 것 하나 없더라
손바닥을 활짝 펴니 이렇게 편안한 것을
그 손으로 미움을 잡으니 환해지더라
그 손으로 슬픔을 나누니 밝아지더라

한 바퀴 돌아보니
사랑스럽지 않은 것이 없더라
모두가 사랑이더라

제목 : 한 바퀴 돌아보니
시낭송 : 박영애
스마트폰으로 QR 코드를 스캔하면
시낭송을 감상할 수 있습니다.

무조건입니다

조건 달지 마세요
우리 사랑 빈사랑 됩니다

떠오르는 태양처럼
반짝이는 별빛처럼
흘러가는 강물처럼

조건 달지 마세요
아픈 사랑 되니까요
슬픈 사랑 되니까요

우리 사랑 무조건
무조건입니다

그날들 생각을 하면

두근거림 몰래 감추고
발그레 꽃 같은 얼굴을 하고
처음 만나 설레던 날 생각을 하면

함박눈 내리는 날 축복받으며
사뿐사뿐 걸어오던 그 모습 생각을 하면

어둠의 커튼 아래 첫사랑 꽃 피던 날
촉촉한 별빛 같은 그 눈빛 생각을 하면

고사리 손가락 꼼지락대며
울음 우는 우리 아가 생각을 하면

아지랑이처럼 가물거릴지라도
그날들 생각을 하면

겨울이 올 때까지

수십억 년을 별빛 타고 떠돌다
햇빛에 물들고 달빛에 젖어
우리 만났습니다
사랑이란 이름으로

화려하지 않아도
노래와 춤 없어도 그냥 좋아라
그대 내 곁에 있어 준다면

불꽃처럼 짧은 인생
모든 것 다 풀어
은하수처럼 아름답게 수놓겠습니다

날줄과 씨줄로 만나
삶이 되고 예술이 되니
이보다 더 좋을 수가 어디 있으리오

그대 꽃 무등 태워
사뿐사뿐 거닐고 싶습니다
나비처럼 나풀나풀 날고 싶습니다
이 봄부터 겨울이 올 때까지

제목 : 겨울이 올 때까지
시낭송 : 박영애
스마트폰으로 QR 코드를 스캔하면
시낭송을 감상할 수 있습니다.

사랑만 있으리

마음 바꿀 수 있다면
싸움은 없으리
얼마나 사랑하는지 알 수 있으리

내 눈빛으로
네 눈빛으로

한 번이라도 그대
내 마음으로 바라본다면
사랑만 있으리

나의 사랑

두근거림으로 껍질 벗는 목련꽃처럼
사랑은 그렇게 오는가?

하얀 꽃 잉태한 꽃봉오리
하늘 열리는 순간 온몸을 떨었다

삼월에 내린 눈 녹듯 만남은 짧았다
꽃송이 흔들고 지나간 바람
다시는 꽃잎으로 돌아갈 수 없어
애타는 그리움

이제 동면의 가슴 아린 시간
온몸 다 태우고 사위어 가는 불꽃처럼
아픔만 남았다

사랑에는 늘 화상 같은 상처가 있으니
상처가 없다면 사랑했다고 말할 수 없으니
그게 사랑이니
상처가 두려웠다면
나는 결코 사랑하지 않았다

당신의 꽃으로

그대 처음 만나던 날
내 마음에 무지개 떴습니다

당신의 꽃으로 피어날 때
내 마음은 훨훨 날았습니다

가파른 세월의 고개
손잡고 헤쳐온 길

사랑으로 한 올 한 올
그리움으로 한 땀 한 땀
수놓은 삶 곱디곱게 빛납니다

심장의 고동 멎을 때까지
마지막 숨결 입술을 떠날 때까지
당신의 꽃으로 꽃향기 전할래요

꽃이 되고 싶다

제 자리가 아니면
잡초인 것을

꽃밭에는
꽃이 주인이다

풀들아!
꽃밭에 뿌리내리지 마라
한갓 잡초로
사정없이 뽑히는 신세 되나니

들에서 자라면 너도
주인공인 걸

나는
어느 꽃밭에서 자라는
꽃인가
잡초인가

꽃이 되고 싶다
향기 나는 꽃으로 자라고 싶다

사랑이

아기 꽃구름
하얀 꽃무리
까만 눈동자 털북숭이
화창한 봄날
꽃바람 타고
꽃길로 찾아왔네
우리 인연이라면
사랑아!
행복 가져오너라
꽃향기 날리는
마음의 봄 길로

역설

잊었노라
까맣게 잊었노라
잊으려 아주 잊으려
어둠 속에서 허우적거린 숱한 밤
동지섣달 밤보다 길기만 했다
아픔으로 불탄 가슴
까만 숯덩이 되고
세월 흐를수록
그 숯덩이 더
새까매지고

늙어가는 아내

옹달샘 맑은 물로
천년 고찰의 은빛 종소리로
그대 곁에 머물고 싶어

세월의 바람에 담금질했으나
깨끗한 물로 흐르지 못했다
고막 찢는 소음으로
허방다리 짚을 때 많았다

어떤 불씨 가졌길래
세상을 이리 아름답게 열었는가?
연꽃처럼 고이 피어
은은한 꽃향기 가득 품고
그윽한 눈빛을 하고

밤하늘 별빛은 그대로인데

이제 먼 길 걸어와
꽃대 노을빛에 젖은 갈대처럼
눈물겹도록 흔들린다

또 어느 생에
우리 진흙과 연꽃 같은 인연으로
다시 만날 수 있으랴

황혼의 사랑

사랑에 나이가 있으랴
청춘의 불꽃같은 사랑이 있고
한겨울 양지바른 기슭에
내리쬐는 따사로운 햇볕 같은
사랑도 있으리

온몸 다 태울 것 같은
사랑은 아니
오월 장미의 향기 같은
진홍빛이 아니라
늦가을 은은한 국화꽃 향기 같은
그런 사랑이면 충분하리

한 세상 사랑을 먹고 살아
그리움에 친친 감긴 때도
불타고 나면 하얀 재 남듯
사랑 머물던 자리 상처가 남는다
불에 덴 흔적 같은
아프고도 아름다운 인생 훈장

이제는 깊은 흔적 남기는
사랑은 싫어
아침햇살에 스러지는 이슬 같은
그리움만 조금 남을
그런 사랑 한번 해봤으면

상처 없는 사랑은
어쩜 사랑이 아닐 수도
이 세상에는 없을 수도

제목 : 황혼의 사랑
시낭송 : 전선희
스마트폰으로 QR 코드를 스캔하면
시낭송을 감상할 수 있습니다.

71

사랑해 좋아해

천 번을 더 들어도 기분 좋은 말 사랑해
너의 마음속으로 빠지고 싶어
밤마다 별빛처럼 피어나고 싶어
너를 사랑해

천 번을 더 들어도 기분 좋은 말 좋아해
너의 눈빛 속으로 빠지고 싶어
날마다 연꽃처럼 피어나고 싶어
너를 좋아해

천 번을 더 들어도 기분 좋은 말
사랑해 좋아해

● 제3부

버들강아지 물오르는 소리
개구리 겨울잠 깨는 소리
우듬지 싹트는 소리
파란 새싹 밀어 올리는 흙의 노랫소리
살랑대는 바람 소리
귓속을 간질입니다

봄 오는 소리

먼 산 흰 눈 겨울 끝자락에
어둠 밝히는 촛불처럼
제 몸 녹여 대지를 깨웁니다

버들강아지 물오르는 소리
개구리 겨울잠 깨는 소리
우듬지 싹트는 소리
파란 새싹 밀어 올리는 흙의 노랫소리
살랑대는 바람 소리
귓속을 간질입니다

출렁이는 노랑꽃 물결 남풍에 실려 올 때
찬바람 참아내며
천년을 달려온 별빛으로
눈 속에서 담금질한 푸른 꿈은
생명의 노래로
형형색색의 고운 자태로 피어올라
저마다 서로 뽐내고
꽃 웃음소리 사방에서 들리겠지요

봄 오는 소리
내 마음은 벌써 파란색으로 물들었습니다

목련

가지마다 내 건
순백의 꽃등

붓 같은 꽃망울
밤마다 별빛 모아
꿈을 키웠네

허공에 한 획
크게 그으려고

따사로운 햇살
톡톡 쪼으고

태초의 마음으로
꽃망울 부풀어
화안이 피어난 목련

그대 가슴에
꺼지지 않을
하얀 꽃등을 달아요

두 계절

북방으로 떠나고
남은 한 자락

한 철 놀던 자리
서설이 내려

홍매화 꽃송이
함박눈이 소복

흰 눈 위 겨울
흰 눈 아래 봄

겨울인 듯 봄인 듯
절묘한 두 계절

봄 길

차가운 길 돌아
봄이 온다
겨우내 시린 가슴 녹인다

시냇물은 재잘재잘
꽃눈은 몽글몽글

그대 꽃바람 불어
나의 실바람 불어

따뜻한 눈빛으로
맞잡은 손의 감촉으로
마음 열리고

한마음으로 꽃을 피운다
그리하여 초록의 숲을 만들 것이다

햇살 머무는 동백 꽃봉오리
흐르는 붉은 연정
새봄은 오고 있다

꽃 소리

어떻게 참았을까
꽃잎 감춘 걸

노랑 빨강 분홍 하양
저마다 고운 색깔

가만히 귀 기울이면
꽃 피는 소리

가만히 눈 감으면
꽃 지는 소리

보슬비

하늘 천 리 길
소리 없는 발걸음

알몸이 부끄러워
안개 자락 휘감고 내립니다

나뭇가지에
영롱한 보석으로
방울방울 달렸어요

들녘에 맨발로 젖어 들어
파란 싹 마중물이 됩니다

민들레

바람아 불어라

민들레 홀씨
하얀 솜털 낙하산 타고
바람 따라서

엄마 떠나 멀리멀리
시집간다네

나뭇가지 손 흔들고
꽃들은 춤을 추고

시집살이 일 년에
노랑꽃 피면

꽃향기 온 동네
실어 보내리

봄의 노래

상큼한 바람 볼 스칠 때
남실대는 파란 물결 아른거린다

실뿌리 꽃물 캐 밀어 올리고
햇살은 꽃눈을 톡톡 쪼아요

안팎의 찬란한 연둣빛 울림

지상 어느 외진 곳
민들레 노랑꽃 피어날 때
봄노래는 은은하게 퍼지리

벚꽃 꽃망울 팝콘처럼 터지는 날
세상은 빛나리
그 노랫소리 황홀하게 울리리

4월이 오면

춤춘다
산빛 황홀함에 취하여
때 묻지 않은 속살
연둣빛 여린 저 빛깔을 보아라
산벚꽃 희뿌연 파스텔의 몽환

어느 가슴인들
출렁이지 않으랴

4월이 오면 온 산천은 춤춘다
산들바람 따라 눈부시게 일렁인다
춘흥에 겨운 장끼 꺼엉꺼엉 울음 울고
들꽃 만발하고

반세기 더 전
목마른 자유의 외침은 암각화로 새겨져
이 나라 이정표 되었다
푸른 종소리로 날아올라 자유의 깃발 나부꼈다

4월이 오면 우리는 약동한다
가슴이 쿵쿵 뛴다
천년의 푸른빛 깨치기 위해

시샘하는 봄

매화 진 자리
진달래 산수유 벚꽃 개나리 목련 조팝 민들레
이어서 피고 지고

흐드러지게 핀 봄꽃
고운 색으로
예쁘게 손짓하지만

코로나 19
차갑게 시샘하는 봄

마스크로 얼굴 가려
눈인사만 나눠요

함박웃음으로 못 만나는
올해는 우울한 봄

우리 마음 아는지
벚꽃 나풀나풀 꽃비 되어 내리고
저마다 예쁜 자태로
환하게 웃어 주어요

꽃비 내리는 날

눈부신
하얀 꽃 무리

꽃 속에
별 하나 감추고

절정은 짧아

열매 맺기 위하여 떠난다
숭고한 결별

팔랑이는 몸짓
한잎 두잎
꽃비 내리는 날

꽃그늘 아래
꽃비 맞으며

슬프고도 아름다운 봄

초록빛 하루

눈길마다
발길 닿는 곳마다
찬란한 봄의 향연

초록의 잎새를 보아라
청춘의 맥박 뛰지 않느냐
나비의 날갯짓
그 날개에 꽃향기 묻어나지 않느냐
봄비에 젖은 흙의 울림
수줍은 듯 피어나는 들꽃
떨어지는 꽃잎의 슬픈 연가
담쟁이의 씩씩한 발걸음
민들레 홀씨의 비행은 얼마나 우아한가
직박구리 참새 뻐꾹새의 노랫소리
그 얼마나 정겨운가
화창한 봄날은 시의 천국이다

저 많은 봄의 빛깔
어찌 다 표현할 수 있으랴
그저 마음으로 느낄 뿐

시로 물든 초록빛 하루

5월이 오면

생각하면 그냥 짠해진다
5월이 오면 초록 그리움으로

피는 속일 수 없어
술 심부름할 때마다
주전자 뚜껑으로 홀짝거렸지
줄어든 술 물로 채워
싱겁다는 말 들었을 때
양심에 실금 가는 소리 들렸다

햇볕이 정수리 따갑게 파고들 때
광주리이고 보자기 들고
논둑길 따라 선녀처럼 걸어오신 우리 엄마
손 뻗으면 금방이라도 가닿을 것만 같은
기억 저편

먼 길 가신 후 기별 없어
찔레꽃 피는 5월이 오면 눈시울 붉어진다
뻐꾹새 울어 쌌고
찔레꽃은 하얗게 부서지는데

가끔 아버지께 전화로 안부를 묻는다
식사는 제때 하시냐고
반찬은 있는지
아픈 곳은 없으신지
오늘도 고향 집 서성인 나는 한 줄기 바람이었다

어제는 삼십 리 면 소재지에
감로 같은 술 사러 가셨다네
허청허청 미수 지난 노구 이끄시고

어릴 때는 쑥스러워, 아직도 하지 못한
하지 않으면 후회할 것 같은 그 말을
조용히 입으로 내어 본다
아버지 사랑합니다

6월이 오면

소복한 마음으로 6월을 맞는다
어둠이 꿈틀거리는
이슬조차 잠 깨지 않은 고요한 시각에
총소리 울렸다
그날의 상처는 아직도
이산의 아픔으로
자유의 불통으로
사금파리처럼 남아 아프게 찌른다
어찌 잊으랴
남북으로 잘린 허리
철조망으로 허리띠 삼아 살아온
한 많은 칠십여 년을
철마는 허물어진 검붉은 몸으로
세월의 무정을 증언한다
가신 임들은 조국의 영령이 되어
이 강산을 굽어보시리
가야 할 길
태산보다 높고 바다보다 깊어도
반드시 가야 하리
신뢰의 초석을 놓고
한마음으로 허리를 건너
한라와 백두 덩실덩실 춤추는
통일의 날
6월 초록의 물결처럼 오리라

모란꽃

고와서 서러운 꽃
아름다워 홀로인 꽃

소소리바람 참아내며
고운 싹 틔워
찬란한 햇빛에
봄바람 부채질로
너를 피웠는데

낮에는 해님하고
밤에는 별님하고

벌 나비 그대 품에서
춤추지 않으니
홀로 외로워라

고독을 안으로 삭여
이리도 붉게 피었는가
노란 불씨 품에 안고서

7월에는

7월에는
폭포처럼 쏟아지는
햇살을
온몸으로 맞아야 한다

가을의
풍요를 위해

바다와 산이
손짓하며 유혹하더라도
열병을 앓아야 한다

태양의 파편으로
열매를 살찌우고
바람으로 땀을 식히고

불타는 가을을 위해
나뭇잎은 햇빛을 갈아
초록을 덧칠한다

7월에는
이글거리는 햇살로
푸르게 담금질할 때

이국의 밤

별들은 소곤대고
쏭강은 소리 없이 흐르고
반딧불이 나는 이국의 밤

어둠 짙게 내린 강변 모래사장
그 위로 일렁이는 하트 촛불
설렘을 자아내는 물레다
벅찬 감동
마음의 꽃 활짝 핀다

염원 싣고 너울 춤추며
밤하늘 날아가는 지등
불빛 사라질 때까지 눈빛은 동행하고

잊을 수 없는 추억
함박눈처럼 쌓이는
이국에서 마지막 밤

쏭강은 소리 없이 흐르고
별빛은 쏟아지고

가을이 와요

귀뚜라미 울음 따라
가을이 와요
첫눈 뜬 강아지 꼬리 흔들 듯

짧아지는 낮 길이
길어지는 밤 길이
날마다 그만큼으로

선선한 새벽길
풀잎의 이슬 밟고
풀벌레 선율 타고
가을이 와요

이불 당기는 소리
몰래 엿듣고
그리움 피어나는 내 가슴으로

가을에는

가을에는
푸른 종소리로 날아올라
파란 하늘 흰 구름으로 떠가고 싶다
코스모스 꽃잎을 스쳐
낙엽 뒹구는 오솔길 따라

날아가기 위해서는 가벼워야 해
잎새 떨구는 나무처럼
하나하나 비워야 해
석양이 어둠 속으로 사라지기 전에
이 가을이 끝나기 전에

가벼이 하늘 떠돌다
하얀 눈으로
무구한 몸짓으로
그대 어깨 위로 사뿐히 내리고 싶다

청잣빛 호수

돌멩이 하나 퐁당 던지면
에메랄드 물방울이
톡톡 튈 것만 같은

하얀 손수건 담갔다 꺼내면
파란 물 주르륵
흐를 것만 같은

한지에 방울방울 흩뿌리면
초록 번짐으로
푸른 숲 우거질 것만 같은

밤마다 이슬로 내려
나뭇잎 오색으로 물들이고

해와 달 떠가는
눈 시린 청잣빛 호수

일생

연둣빛 눈망울
하늘 열릴 때
고운 햇살 볼 비비고
봄바람 살랑살랑 춤을 추었지
종잇장 몸으로
여름 열기 참아내며
푸른 숨결로
소낙비에 마음 삭였지
소슬바람 불어
귓가에 속삭이네
이제는 떠나야 할 시간이라
서러워라
가슴에 쌓인 한
선혈로 토해
저리 물들이고
갈바람 따라
춤추며 떠나 가네
흰 눈 내리면
달콤한 꿈 꾼다네
또 다른 세상을

가을

연기 없이 타는
저 불꽃 좀 보게

온 산천에
불 불
보름은 더 타리

그 불꽃
가슴에 튀어
나도 태우는 걸

가을은
밤낮으로 불타는
붉은 그리움이여

가는 길

새벽이슬 서리꽃으로 피어
아침 들풀은 수정처럼 반짝입니다
눈 부신 햇살에 실려 오는
새들의 노랫소리 정겹습니다
입김은 숨결의 자국을
허공에 남기고 사라집니다
한낮 그림자는 북쪽으로 기울고
짧은 해는 저녁을 재촉합니다
긴 밤 사랑 꽃 활짝 피웁니다

이어 달리는 계절은 피고 지고
겨울은 가을을 끌어안습니다

아름다운 곳을 향하여
새 삶이 시작되는 그곳으로
시린 손 호호 불며
서리꽃 곱게 핀 길 오늘도 걷습니다

눈

함박눈이 소리 없이 내린다

내 마음에도 소복이 내려 깨끗이 덮어 주길

훗날,

녹아 흐르는 그 물로 깨끗이 씻어 주길

바이칼 호수의 에피슈라 같은

내 마음의 그것이 되어다오

함박눈

울고 싶어도
울지 못하고
눈물 흘리지 못하는 날 있을 거다

오늘은
하늘도 그런 날

하얀 꽃 송이송이
눈송이 속에
눈물을 몰래 감추고

울음 들킬세라
소리 없이
하염없이 내린다

울음을 삼키고
눈물을 감추고

꿈이었으면

뻐꾸기 울음 울고
햇살 저리 눈 부신데

그대는 오월의 푸르름 따라 먼 길 떠나는구나
꼬리 남기며 떨어지는
별똥별처럼

아,
한바탕 꿈이었으면

잘 가라
잘 가라
꽃상여 타고

그대 부디 잘 가라

눈 내리는 밤

함박눈이 내린다
금세 새하얀 세상
은하수 쏟아져 설원이 되었다

어릴 때 눈 많이 내렸지
무릎까지 푹푹 빠지는 숫눈길
어스름 새벽에 산짐승 길 가듯
작은 발걸음으로
또박또박 발 도장 찍었지요

추억이 깨알처럼 박힌
고향 집에서 하룻밤
아버지 숨소리는 고요를 깨고
나는 잠 못 들어 뒤척인다

할머니 빈 젖가슴 만지고
호롱불 아래서 책을 읽고
한 이불 덮고
누이들과 발가락 꼼지락거렸던 기억
별처럼 뇌리에 총총 박혔는데

몇 번을 더 보랴
아버지 숨소리 들으며
밤새 내리는 저 눈을

● 제4부

피고 지는 꽃처럼
흘러가는 강물처럼

그렇게 살아라

봄날같이 살아라
때 되면 찾아오고
다시 지나가리니

있는 대로
오는 대로 가는 대로
그렇게 살아라

피고 지는 꽃처럼
흘러가는 강물처럼

기도

두 손을 모읍니다
봄날 새싹처럼
연꽃 봉오리처럼

사랑받기보다는
사랑하는 사람을

위로받기보다는
위로하게 해 주소서

빗속 걸어가는 사람과
젖으며 동행하고

시기와 질투로 미움받더라도
묵묵히 이겨내는 용기를

더 주지 못함을 아파하는
그런 사람이 되게 하시고

넓은 마음으로
큰 사랑으로
오늘도 걸어가게 하소서

성찰

빈 수레가 시끄럽다고 비난하지 말라
빈 깡통이 요란하다고 비웃지 말라
빈 수레는 실을 수 있고
빈 깡통은 담을 수 있지 않으냐

너는 언제 한번 속 시원하게 비워본 적 있었더냐

나의 본질은 무엇일까

땅에서 자라 흙의 기운이고
햇살의 기운 받아 빛일 테지

한순간도 멈춤 없이
에너지를 발산하고 축적하니
하나의 작은 별인 셈이지

죽음을 맞을 때
별이 폭발하여 우주로 흩어지듯
나는 분해되어 자연으로 돌아간다

본질이 무엇인지 모르지만
형체는 사라진다
형체가 사라진다고
본질이 없어지는 건 아니야

이 지구에 남아 있을 테고
지구를 떠나도 태양계에 남고
태양계를 벗어나도
은하계 우주에 있을 테니
본질은 그대로 존재하는 것

돌고 돌아 어디에서
어떤 모습으로 다시 만날지
알 수 없지만

나는 흙덩이요
나는 빛 덩이요
나는 에너지 덩이
무엇이 나의 본질인가

우리 그렇게 흐르자

생애에서 가장 눈부신 날은
네가 찾아온 첫날이었다
내 가슴은 하늘을 날 듯한 설렘으로
지칠 줄 모르게 뛰었지

생애에서 가장 행복한 날은
네가 나의 꽃으로 피어날 때였다
수천 년 수만 년 달려온 별빛을 모아
우리의 무대를 밝히고
밤새워 사랑을 노래했었지

살아오면서 가장 아픈 날은
이해 못 할 것도 아닌 것을
풀 수 없는 문제처럼 부둥켜안고
원망의 눈빛으로
빗발치게 화살을 쏠 때였지

돌아보면 인생은
눈부시도록 아름다운 사계절
봄바람에 눈 녹듯 다 풀리는 것임을
기쁨과 아픔과 그리움으로 엮어진
한 편의 빛나는 드라마

이제 강물로 흐르는 우리
부서지는 아픔은 지난 이야기

언젠가는 다다를
그 바다에 이를 때까지
고운 물결로 아름다운 물빛으로
우리 그렇게 흐르자

제목 : 우리 그렇게 흐르자
시낭송 : 박영애

스마트폰으로 QR 코드를 스캔하면
시낭송을 감상할 수 있습니다.

시처럼 사세요

시인님은 시처럼 사세요?
누군가 묻는다면
시처럼 살면 신이지요
시인은 이슬 먹고사는 줄로 아는 사람이 있다
가끔은 이슬 먹어요
시인은 신의 말을 대신 전해주고
천사들의 따뜻한 이야기를 들려주는
속으로 울어도 웃어야 하는
가슴에 늘 푸른 멍을 지닌 사람
그러나 시인의 영혼은 맑아요
낮에는 꽃향기로
밤에는 별빛으로
언어의 원석을 갈고닦아
그 보석빛으로 날마다 영혼을 씻으니까요
고요한 이 밤에도
지구 반대편에는 불꽃 튀는 삶이 있으리라
어느 한쪽은 늘 깨어있으니
깊은 밤 홀로 깨어
그 소리에 귀를 기울인다
시인님은 시처럼 사세요?
예, 시처럼 못 삽니다

보름달

밤하늘 보름달 밝기도 해라

표주박으로 샘물을 떠니

그 속에 달이 일렁인다

한참 바라보다 벌컥벌컥 마셨다

표주박의 보름달 몸속으로 들어왔다

내 몸속 보름달 떴다

어둠이 사라졌다

피지 못하고 떨어진 꽃

무릎을 꿇는다
양심이 내린 준엄한 판결
죗값은 무한대

뜨거운 밤
준비되지 않은 길 마구 달려
우주의 심지에 불을 붙인 죄

궁전에서 피어나던 연(蓮)

호위병은 없었다
깊이 뿌리내리지 못하고
추방의 길 가야 하는
저 강을 혼자 건너라고
다시는 돌아올 수 없는 강을
무서워서 파르르
거역할 수 없는 운명의 길
목소리 배우지 못해 절규하지 못했다

울음 우는 이여!
통곡하라
심장이 찢어지도록
눈물이 강물처럼 흐르도록

긴 세월 흘렀으나 아직
기억의 저 밑 모퉁이에 따리 틀고
원한의 혓바닥을 날름거린다

이제는 가거라
무릎 꿇고 기도드리니
저 푸른 하늘 은하수 건너
어린 왕자가 사는 별로 가거라

제목 : 피지 못하고 떨어진 꽃
시낭송 : 박영애
스마트폰으로 QR 코드를 스캔하면
시낭송을 감상할 수 있습니다.

113

어떤 인연일까

불볕더위로 푹푹 찌던 날
서울역 에스컬레이터 옆
누워 있는 한 슬픔

그냥 지나치다
무엇에 끌렸는지
돌아가 손으로 집었다

여린 날갯짓으로
한때는 포롱포롱 날았는데
이제는 숨결 떠나 싸늘한 몸

승강장 지나 풀밭에
이름 모를 꽃 핀 그 옆자리에 고이 묻고
좋은 세상 가라고
눈물 뿌려주었다

어떤 인연일까
KTX 차창으로 스치는 산야는
슬픈 초록빛 강물이었다

아랫목이 그리운 사람들

서울역 지하도
밤 깊어 고단한 하루 잠드는 시간
한 세상 살아온 삶
종이상자로 만든 공간 안에서 쉼 한다

치열하게 살다가
굴렁쇠처럼 구르다가
어느 날 멈춰 버려
세상 싸늘한 시선 등에 지고
끝없이 밀려왔을 곳
파도처럼 하얗게 부서졌을 곳

그리운 사람
사랑하는 사람
어딘가 있을 터인데

계절 변하고
해 바뀌어도
돌아가지 못하는 사람들
돌아갈 수 없는 사람들

하현달

저 달은
제 몸속 빛을 퍼내어 세상을 밝혔다

비워야 다시 채울 수 있다는 것을
태곳적부터 가르치고 있다

독도

한 서린 파도에
늑골 숭숭 부서져도

오천 년
임 향한 마음 한결같아라

오늘도 붉은 해
파란 하늘로 띄운다

내일도
모레도

어느 시인의 고백

어느 멋진 곳 가면
흔히 듣는 말
시 한 수 지어보시지요

뜸 들어야 맛나듯
시도 뜸 들어야 하고
숙성 시간이 필요합니다

고요 속 미세한 떨림
수천 년 달려온 별빛
이슬 흔적
이름 모를 산새의 노래
길 잃은 짐승의 울음
초록의 푸른 숨결
바람의 길 살펴야 하고
흩어진 꽃향기 모아
시에 담아야 하기 때문입니다

이백 두보라면 모르지요
송강 미당은 가능하겠지요

나는 못 하여요
정말 못 하여요

천사의 웃음소리

까르르 깔깔 먼지 한 톨 묻지 않은
방글방글 웃음소리

오월 무논에 개구리울음 같은
연잎 위 또르르 구르는 물방울 소리 같은
맑은 영혼의 울림

나도 백번 천 번을 헹구면
까르르 깔깔 먼 옛날 놓고 온 웃음소리
되찾을 수 있을까?

서울의 밤하늘

어디로 갔을까
텅 빈 밤하늘
검푸른 어둠만이 흐른다

희뿌연 은하수
별들은 모래알 은빛으로
초롱초롱 반짝이고

별자리 찾아
눈빛 하늘로 달려갔던
꿈 많은 시절

그 수많은 별
아직도 기억 속에 총총히 박혀
반짝반짝 빛나는데

하늘 오래 가물어
별빛 틔우지 못했을까

드문드문 피어난 별빛이
외롭게 밤하늘 지킨다.

풀 수 없어요

1982년 11월 어느 날
친구들과 동학사를 찾았다
제법 쌀쌀한 날씨
산사의 햇볕은 여린 몸짓으로 겨울을 재촉했다
겨울 채비하는 날
비구니 스님들은 배추와 무를 개울로 나르고 있었다
순간 얼어붙은 나의 눈동자
어린 비구니의 샛별 같은 눈빛
단 한 번의 눈 맞춤
번갯불 내리치는 순간
구도의 길 떠난 사연은 무엇일까?
사십 년 동안 풀리지 않는
아니 영원히 풀 수 없는 물음
베아트리체의 눈빛도 저랬을까?
나는 속세의 길을 걸었고
그는 해탈의 길을 걸었으니
하늘 아래 엇갈린 길
풀 수 없는 돌 같은 의문을
염주 알 굴리듯 아직도 만지작거린다.

아직도 미완의 길

사월의 노고지리는 알고 있다
오월의 푸른 하늘은 알고 있다
유월의 광장은 알고 있다

이 땅의 민주주의 어떻게 왔는가
악마의 길 헤치고 핏길로
절규하는 울부짖음으로
죽어가는 신음 따라 그 죽음을 밟고
그렇게 왔다

민주주의여!
목 터지게 외치다
얼마나 많은 사람 죽어갔느냐
얼마나 많은 사람 반죽음으로 돌아왔느냐

죄 없이 잡혀가서
시퍼런 칼날 아래
망나니 칼춤 아래
온갖 고문으로 없던 죄 옹골차게 만들어져
정권의 깃발 나부끼는 바람 되었다

담장 하나 사이로
지옥보다 더 지옥 같은 곳에서
살아나갈 수 없을지도 모르는 공포 속에서
끝내는 죽어
민주주의 밀알 되고서야
이 땅의 민주주의는 자랐다

민주주의여!
찬란한 그 이름에는
자유로운 그 활보에는
꽃다운 님의 넋 있었기 때문이다

사월의 노고지리는 저리 노래하고
오월의 하늘은 높고 푸른데
유월의 광장은 활기 넘치는데
임의 모습 보이지 않는다

민주주의 이룩되는 날
공정사회 완성되는 날
임 앞에 수만 송이 무궁화꽃을 바치리
삼천리 강산에 활짝 핀 꽃으로

아직도 미완의 길이여!

자화상

원죄는 모른다
세상으로 나올 때 천진불이었다
그러나 지금은 죄인이다
아버지는 술을 무척 좋아한 농부
흙의 정신을 가르쳐 주셨고
별 보고 나가 별 보고 돌아와도
늘 가난의 노래만 불렀다
나는 사랑에 목마른 한 마리 작은 짐승이었다
부나비 같은 불빛 곡예
별똥별이 뚝뚝 떨어졌다
조과 선사가 백거이에게 했다는 말
"선을 행하고 악을 짓지 말라"
그 말은 수천 근의 무게로 다가오고
버려야 할 것 버리지 못한
지켜야 할 것 지키지 못한
양심의 가책은 부끄러운 혹으로 자랐다
욕심으로 남을 아프게 한 것
정의의 옆길을 기웃거린 것
개미와 새의 목숨을 소중히 여기지 못한 것
마음 다스리지 못해
기쁨보다 슬픔의 눈물 많이 흘린 것

절박할 때만 신을 찾은 것

다 지고 가야 할 무거운 십자가

별빛도 가끔은 내 편이 아니었으리라

바람도 때론 눈길 주지 않고 지나갔으리라

이제야 마음 밭에서 시를 캔다

수정처럼 반짝이는 보석을

영혼이 맑아지길 간절히 기도하면서

언어의 바다에 그물을 던진다

알 듯 모를 듯

노스님께 여쭈었다
모기가 스님의 피를 빨면
잡습니까?
쫓습니까?
노스님은 빙그레 웃음을 지으신다
그 미소 속에는 부처님 설법이 묻어난다

어떤 사람은 자기 배를 실컷 채우고도 모자라
다른 사람의 피를 빨아
은행 금고 부동산 외국에 갈무리한다

스님!
이런 사람 잡아야 합니까?
쫓아야 합니까?
이번에도 노스님은 빙그레 웃음만 지으신다

그 뜻을 알 듯 모를 듯

말

인류에 던지는 영혼의 몸짓

고운 빛깔로 꽃향기로 가득 채워

호랑나비 날아오게 하라

그것은

사라지는 것이 아니라 새겨지는 것

누군가의 가슴에

반짝이는 별빛같이

뾰족한 가시같이

허난설헌

부용꽃 스물일곱 송이
송이송이 꽃잎마다
한 서린 눈물이 가득

산 높고 강 깊어
여인의 걸음으로
끝내 갈 수 없는 꿈의 나라

지난 세월 아득하고
다 떠나간 지금
홀로 막막하여라

바람마저 저버린 날
부용꽃 스물일곱 송이
뚝 떨어진다

아,
한 많은 여인이여!
불타 버린 옥고여!

슬픈 몸부림

한 자도 못 되면서
새벽마다 기세등등 솟구쳐
천하를 호령했지

마음 쫓지 못하는 아린 몸짓
서리 맞은 들풀처럼
맥없이 주저앉아
녹슨 칼이 되었다

서라 서라
천하를 다시 들어 올리고 싶다

파란 알약으로
향수에 젖는 슬픈 몸부림

부끄러움

경로석에 앉아

슬그머니 놓아 버린 양심

자는 척

귀는 열어 둔 채

라잔 알 나자르를 추모하며

총탄이 난무하고
화약 냄새 진동하는 광야에서
사라진 하얀 천사

신은 약자 편 아니었다
핏빛 흐르는 광장으로
숙명처럼 달려간 라잔 알 나자르
유월의 태양보다
더 이글거리는 탐욕이
그녀의 영혼 앗아갔다

저 통곡 소리
누가 위로할 것인가
초록이 강물처럼 흐르는 이 계절에
푸른 숨결 놓고 떠난 천사

아,
눈부시도록 아름다운 이 행성에는
언제쯤 평화의 노래 함께 부를 수 있을까

라잔 알 나자르!
조국 팔레스타인
수많은 사람의 눈물 보았는가
그대 건너가는 아케론강에 보태는 것을

이제는 영영

해 지기 전에
한 번 더 보고 싶어

창공 나는
가냘픈 몸짓

오늘은 안 돼요
야박한 거절

눈물 글썽이며
돌아서는 하루살이

이제는 영영

새해를 맞으며

오늘의 내일은 새해
내일의 어제는 작년
이처럼 경계 아득한 날 또 있을까
시간의 외길 걸어
숫눈길 밟듯 설레는 마음으로
그렇게 새해로 갑니다
서산으로 해 넘어
어둠 자욱이 내리면
한 살 나이 또박 걸음으로 오지요
벼락같은 순간에
제야 종소리에 실려서
새해에는
꽃바람 많이 불고
꽃비 많이 내렸으면 좋겠습니다
우리 가슴에
행복의 꽃 만발했으면 좋겠습니다

어떤 인연 이길래

작년 가을 어느 날
날씨는 참 청명했다
강릉 갔다 오는 길
구둔역에 KTX 정차했다
무심결에 본 한 주검
주먹보다 큰 새 한 마리 승강장에 누워 있었다
많은 사람 오갔지만
주검을 거둔 사람 없었다
생전에 눈 맞춤 한번 없었는데
어떤 인연 있었을까?
짠한 마음으로 새를 주웠다
봉지에 넣어 서울로 오면서
삶과 죽음을 생각했다
때 되면 누구나 떠나는 길
마지막 숨결 허공으로 날아가면
자기 주검 어찌할 수 없어
누군가의 손길 필요해
작은 슬픔을
아니, 한 생명의 슬픔을 만지작거렸다
하늘에 어떤 자국 남겼을까
나뭇가지 앉았던 자리
꽃은 피었을까
사무실 울타리 배롱나무 꽃그늘에
고이 묻어주었다
올해는 백일홍 꽃으로 피어날지 모르겠다
꽃으로 피어나 손짓할지 모르겠다

인연

서로 안다는 건 별을 발견했다는 것

너는 나의 별
나는 너의 별

하루

주술 외듯 새들이
무어라 신나게 지저귀는 첫새벽
마법이 풀리듯이
어둠의 빗장 열리고 새 아침이 밝아 온다

가보지 않은 길
설레는 마음으로
태양의 길 따라 오늘의 시간 속으로

풍랑이 일지라도
파도가 밀려와도 두렵지 않아
수많은 격랑 헤쳐오지 않았더냐?

꽃잎 같은 미소로
솜사탕 같은 노래 부르리라
그대 눈빛으로
주렁주렁 행복을 엮으리라

하늘 가로질러
해 서산에 몸 누이면
봄날 새싹처럼 돋아나는 반짝이는 별
저마다의 색깔로 여백이 채색되어
하루가 완성되는 밤

굴비의 합창

푸른 물결 춤추는
그리운 내 고향

떠나온 세월 동안
눈물은 다 마르고

물기 없는 소리로
오늘도 노래하네

가고파라 가고파
내 고향 푸른 바다

하나로 흐를 수 있다면

지붕 두드리는 빗방울 소리
따다 다닥 따다 다닥
드럼 두드리는 소리처럼 귀속을 파고듭니다

하늘길 외로웠다고
방울방울 깨지며 울어 쌉니다
하나 되어 흐른다고
방울방울 어울리며 웃어 쌉니다
동그란 물방울 띄워
덩실덩실 춤을 추고
조잘조잘 노래하며 흘러갑니다

빗소리 정겨운 건
하나 되고픈 마음 때문이겠지요
수증기로 피어올라
구름처럼 흐르다가
빗방울로 하나 되는 날 오겠지요

꽃잎 촉촉이 적시는
봄비가 내립니다
꽃향기도 빗물에 흘러내립니다

우리도 하나 되어
강물처럼 흐른다면 얼마나 좋을까요

너도

먼바다
파도 하얗게 부서지는
외로운 섬 하나

막냇동생 함께
고향에 사시는 구순 가까운 아버지
마음 따르지 못해
날마다 아픔을 덧칠한다

40도 고열로 실려 온 응급실
다행히 코로나는 아니다
느닷없는 포로 신세
운명은 주어지는 것
살아있을 때는 죽지 않으니

사랑스러운 딸 하나
욕심으로 키운 잘못 아프다

수시로 오는 문자
아비가 시골 아버지 생각하는 그 마음을
너도 가지고 있었구나

마음 깊은 곳 건드려
붉어지는 눈시울

팬데믹

열 바람 불어 지구촌 휘청인다
빗장 걸어 표류하는 2020
길 없는 길

숫눈길 가듯이 가
인류의 등불 되어라
코리아!

한 줄로 줄인다면

누구나 소설책 서너 권

줄이고 줄여
한 장에 담는다면

그것도 길어 다섯 줄
아니, 단 한 줄로 줄인다면

어떤 글일까?

언젠가는 묘비명에
한두 줄로 새겨질 인생

그것은
그대 발자국의 향기

씨앗을 뿌리자

누이야!
씨앗을 뿌리자
태풍 없는 해 어디 있었더냐?
천둥 번개 요란해
가슴 졸인 날 어디 한두 번이었더냐
꽃잎 지듯 시들어
떠나간 사랑
네가 부른 노래는 가난
오선지에 행복의 음표는 없었다
반드시 건너야 할 강
손이 부르트더라도
노를 저어라
손발이 얼고
그 자리에 쓰러지더라도
눈물을 보이지 말아라
새가 알을 품듯
체온으로 씨앗을 녹여라
머잖아 겨울이 가고
너의 땅에도 봄이 올 것이니
따사로운 첫 햇살에
기쁨으로 기지개 켜거라
누이야!
지금은 씨앗을 뿌릴 때

나는 누구인가

이 세상 오기 위해
아버지 어머니가 필요했고
어머니 아버지는 양가의 할머니 할아버지가 있어야 했다.

역피라미드로 한없이 이어진 인연 줄
어느 하나라도 어긋났다면
먼 옛날 어느 할머니 할아버지가
다른 인연 만났더라면
나는 여기 없으리

이 세상에 올 확률은
십의 이백 승이 넘는다는데
우주의 탄생보다 어렵다는데
세상에 오직 하나뿐인
태초부터 인류의 끝까지 하나밖에 없을
그런 사람인데
어떻게 함부로 살 수 있겠는가?

아,
나는
그런 존재인데

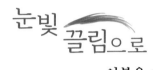

이봉우 시집

2020년 8월 10일 초판 1쇄
2020년 8월 14일 발행
지 은 이 : 이봉우
펴 낸 이 : 김락호
디자인 편집 : 이은희
기 획 : 시사랑음악사랑
연 락 처 : 1899-1341
홈페이지 주소 : www.poemmusic.net
E-Mail : poemarts@hanmail.net

정가 : 13,000원
ISBN : 979-11-6284-222-5